吉卜力工作室的
各式各樣的交通工具

吉卜力工作室 監修
德間書店童書編輯部 編

詳細介紹出現在
吉卜力動畫長片中的交通工具

飛行翼（Mehve）

　　飛行翼是風之谷族長之女娜烏西卡愛用的小型滑翔翼。在風之谷，一年到頭風吹不止。「馭風者」娜烏西卡會乘著風，駕著飛行翼在天空自由翱翔。原本祥和寧靜的小國風之谷，被捲入大國多魯美奇亞與培吉特的爭奪戰中。

身體呈水平騎乘時，靠操縱把間的皮帶支撐身體

騎乘方式會影響到手握操縱把的位置

飛行翼平時停放在「風見塔」上，可觀測風和四周的動靜，以便能夠隨時起飛。

　　飛行翼附有小型噴射引擎，用於離地和加速，除此之外都是利用風力滑翔，因此唯有一流的「馭風者」才能駕馭自如。時而站著騎乘，時而手握操縱把，讓身體水平懸空。該名稱原出處是德語，意思是海鷗。

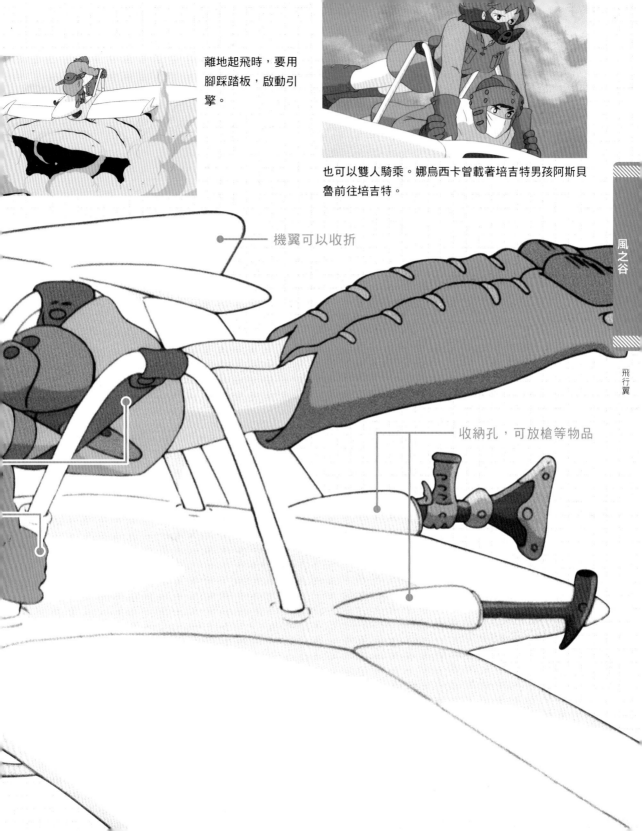

離地起飛時，要用腳踩踏板，啟動引擎。

也可以雙人騎乘。娜烏西卡曾載著培吉特男孩阿斯貝魯前往培吉特。

機翼可以收折

收納孔，可放槍等物品

風之谷

飛行翼

砲艇機

砲艇機即是戰鬥機。培吉特的砲艇機外形與風之谷的不同。

風之谷的砲艇機

風之谷只有一架戰鬥機。為設有前座和後座的雙人機，機頭裝有強力火砲。配備六具引擎，時速最高可達五百公里。

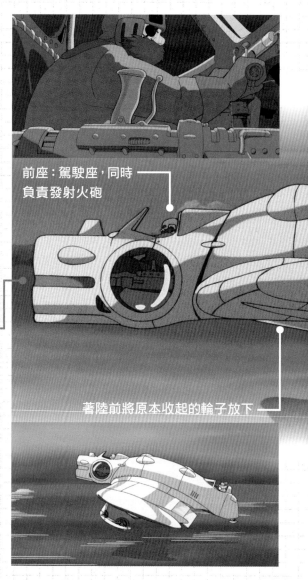

前座：駕駛座，同時負責發射火砲

著陸前將原本收起的輪子放下

砲口

機頭正面有上下兩個砲口

可潛入水中。娜烏西卡也曾駕駛過砲艇機。

培吉特的砲艇機

培吉特由阿斯貝魯駕駛的單人戰鬥機。比風之谷的砲艇機要小，轉彎很靈活。

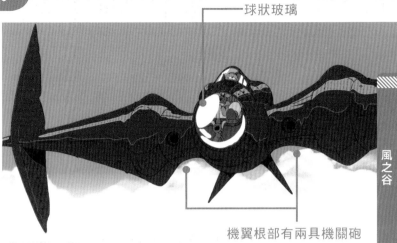

球狀玻璃

機翼根部有兩具機關砲

風之谷

砲艇機

後座：負責操控引擎

位於後座的引擎儀表。

機翼後方六具引擎的噴氣口

從下面看飛行中的砲艇機。

可收放折起的機翼

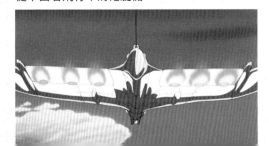

1984年 風之谷

笨烏鴉

　　多魯美奇亞公主庫夏娜率領的軍隊突然來到風之谷。從大型運輸機笨烏鴉上陸續投下自走砲（坦克）和士兵，轉眼間便占領了風之谷。

　　笨烏鴉是可以載運自走砲和大批士兵的巨型飛機，但因過於笨重，又未配備強力武器，並不利於快速進攻。

笨烏鴉的駕駛艙。庫夏娜擄走娜烏西卡等人質後，遭到阿斯貝魯駕駛的培吉特砲艇機的攻擊。

庫夏娜（右）和部下克羅托瓦。

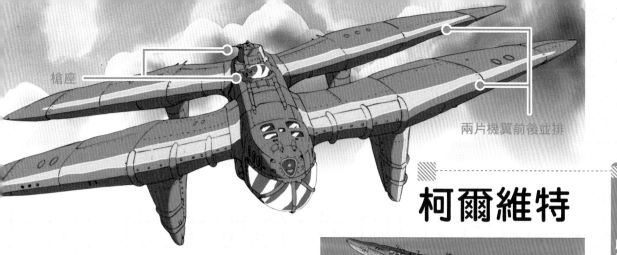

槍座

兩片機翼前後並排

柯爾維特

多魯美奇亞軍的重戰鬥機。用來護衛笨烏鴉。

機頭的下半部鑲裝著玻璃。

駁艇

風之谷的大型滑翔機。由於沒有引擎，因此是由砲艇機等牽引著，載運食物和人員。

被笨烏鴉牽引著的駁艇。

在風之谷城擔任勤務、又稱「城爺」的老人們，也和娜烏西卡一起成了多魯美奇亞的人質。

布立格（Brig）

培吉特的貨運機，曾用來載運在與多魯美奇亞的戰爭中倖存下來的培吉特人。

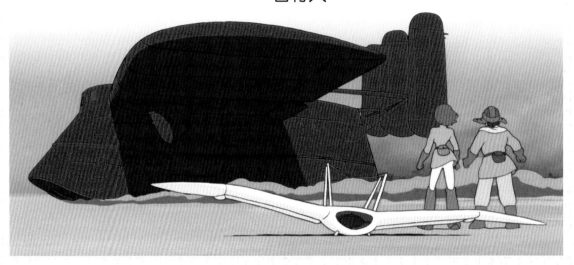

飛行壺

壺中裝滿
機關槍

側面有四挺固定的機槍

培吉特的飛行器，搭載反重力漂浮裝置，外形呈壺狀。曾被用來吊掛受傷的小王蟲，並以此當誘餌，引誘王蟲群靠過來。

載著多魯美奇亞士兵的自走砲。

自走砲

城爺們趁多魯美奇亞軍疏忽，奪走一輛自走砲。

多魯美奇亞軍陸地上的主力武器。由笨烏鴉載運到風之谷。裝有如齒輪般的履帶，泥濘的地面也能行走。

快開動它！

自走砲的駕駛座。

呃——是這個吧？

鼓翼機

傳說中的拉普達王國。

傳說中有座漂浮在空中的島叫拉普達。擁有「飛行石」的少女希達是拉普達王國的繼承人，遭到名叫穆斯卡的男子所率領的政府特務機關，以及女海盜朵拉領軍的空中海盜追拿。鼓翼機是空中海盜乘坐的一種機翼會拍動的飛機，發明者是朵拉的亡夫。

空中海盜乘著鼓翼機，偷襲被穆斯卡擄走的希達所乘坐的飛行船。

鼓翼機以電流驅動人工肌肉，靠振動機翼飛翔。

憑藉飛行石的力量緩緩從天而降的希達，被在礦坑工作的男孩巴魯接住。

巴魯!!

巴魯也搭上鼓翼機，去營救被擄走的希達。

希達！

駕駛鼓翼機的朵拉一族。鼓翼機會因超重而無法如願上升。

機動車

朵拉一族在地面上活動時所使用的汽車。乘著機動車的朵拉和兒子們,為尋找希達來到礦坑小鎮。

朵拉駕駛的機動車,在鐵軌上也照樣追趕著坑內機關車。

坑內機關車

穿梭在礦坑溪谷中的蒸汽火車頭。牽引著三節貨車車廂。

有壞人在追我們!

巴魯,你蹺班約會啊?

被朵拉等人追殺的巴魯和希達,搭上坑內機關車的貨車車廂逃跑。

歌利亞號

用來搜索拉普達、全長超過三百公尺的巨型戰艦。載著穆斯卡和軍隊，朝拉普達前進。

艦身配備眾多砲塔，體型之大，說它是飛在空中的要塞也不奇怪。

歌利亞號的正面。

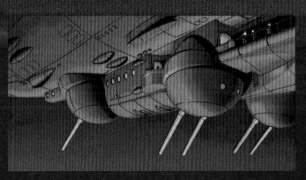

歌利亞號的艦橋。穆斯卡一邊利用中央的羅盤確認拉普達的位置，一邊前進。

13

全長：42公尺
最高速度：約時速133公里

氣囊

可變式螺旋槳

駕駛艙

艦橋

1986年 天空之城

虎蛾號

　　巴魯和希達也獲准搭上空中海盜朵拉一族的飛行船虎蛾號，朝著拉普達前進。

機械室

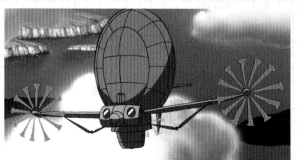

虎蛾號和鼓翼機一樣，都是朵拉亡夫的發明。內含許多海盜船特有的巧思，如向前推出的駕駛艙和瞭望台等，可以做出許多感覺不像是飛行船的動作。

虎蛾號的正面。

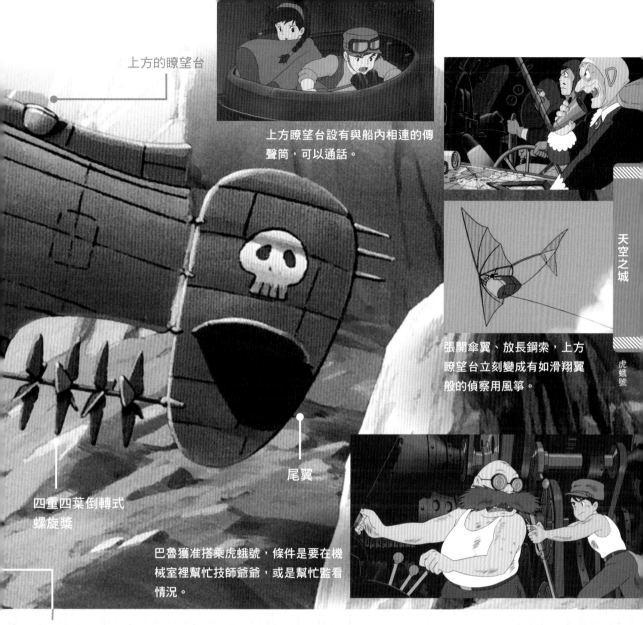

上方的瞭望台

上方瞭望台設有與船內相連的傳聲筒，可以通話。

張開傘翼、放長鋼索，上方瞭望台立刻變成有如滑翔翼般的偵察用風箏。

尾翼

四重四葉倒轉式
螺旋槳

巴魯獲准搭乘虎蛾號，條件是要在機械室裡幫忙技師爺爺，或是幫忙監看情況。

收納庫 門開啟後可收放折好的鼓翼機。

琪琪是個剛滿十三歲的女巫。說是女巫,但她唯一會的法術就是騎著掃帚在天上飛。為了成為正式的女巫,她離開家鄉到克里克鎮修行。琪琪與名叫蜻蜓的男孩成為朋友,一起騎著裝有螺旋槳的腳踏車去看飛行船。

1989年 魔女宅急便

螺旋槳
腳踏車

蜻蜓嚮往在天空飛翔,與同好合力打造人力飛機。螺旋槳腳踏車即相當於人力飛機的發動機。

啊——

以為飛起來了,但也只是一剎那。螺旋槳鬆脫,因而墜落。

裝上翅膀和機身後完成的人力飛機。飛行員當然是蜻蜓。

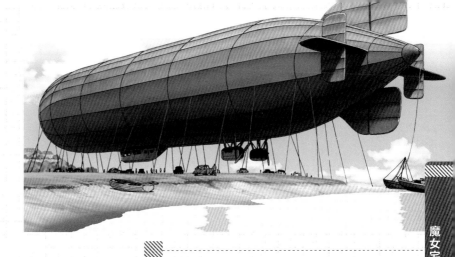

自由冒險號

在前往南極探險的途中因遇到豪雨，迫降在克里克海邊的大型飛行船。全長一百五十公尺。

「自由冒險號」原本預定修理完畢後便踏上旅程，不料突然刮起一陣強風，吹斷了繩索。「自由冒險號」連同吊在繩索上的蜻蜓一起被風吹著跑，最後撞上鐘塔。

蜻蜓!!

琪琪!

沒帶掃帚的琪琪向掃地爺爺借地板刷，飛上天空解救蜻蜓。

17

東海道新幹線

　　1966年，妙子小學五年級的暑假。朋友都要去鄉下老家玩，但妙子的爸爸媽媽都是東京人，沒有鄉下老家。妙子吵著要出遠門，於是和奶奶兩人一起搭乘東海道新幹線去熱海住旅館。

　　連結東京和大阪的東海道新幹線於1964（昭和39）年通車。在妙子去熱海的那個年代，新幹線被譽為「夢幻超特快車」，是別具一格的交通工具。

妙子坐在新幹線上興奮無比。可是這趟旅行只住一晚，轉眼間便結束。妙子非常渴望在鄉下也有個家。

「曙光三號」是備有睡床的臥鋪列車。

臥鋪特快車「曙光三號」自1970（昭和45）年行駛到2014（平成26）年，是十分搶手的夜車。

「曙光三號」晚上十點過後從上野出發，清晨四點前抵達山形。

曙光三號

　　1982年夏天。二十七歲、在東京上班的妙子，向公司請假前往山形。由於姊姊嫁給山形人，妙子因此也有了可去的鄉下。妙子搭乘由上野發車、開往秋田的臥鋪特快車「曙光三號」前往山形。

山形自江戶時代起便以紅花聞名。妙子幫忙採摘紅花，享受鄉間生活的樂趣。

薩伏亞S-21（Savoia S-21）

故事主角波魯克‧羅素愛用的大紅色戰鬥飛行艇。飛行艇是可以在水面上起降的飛機。波魯克與侵擾亞得里亞海上船隻的空盜（空中海盜）作戰，贏得賞金，成為令空中海盜聞之喪膽的「紅豬」。

紅、白、綠是義大利國旗上面的三個顏色

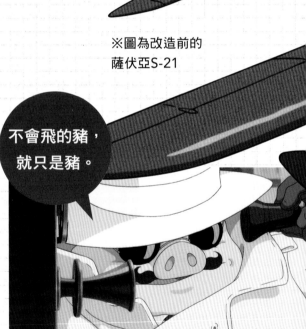

據說是羅素（Rosso）的第一個字母「R」

波魯克故鄉熱那亞市的市徽

※圖為改造前的薩伏亞S-21

薩伏亞S-21是僅此一艘的試作艇。引擎設在駕駛座前方的機翼上，視野很差；速度可以很快，但低速時很難操控，問題很多，因此未能量產。波魯克買下在倉庫裡蒙塵的薩伏亞S-21，駕馭著它翱翔。

不會飛的豬，就只是豬。

自水面起飛的薩伏亞S-21。

駕駛座

波魯克的本名是馬可‧帕哥特。第一次世界大戰中曾加入義大利軍擔任飛行員，表現出色，但在作戰中痛失摯友。戰爭一結束，波魯克便離開軍隊，下咒把自己變成豬。

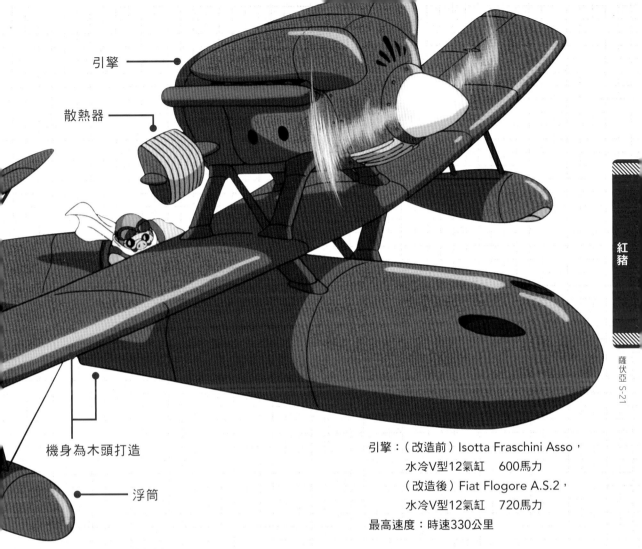

引擎

散熱器

機身為木頭打造

浮筒

引擎：（改造前）Isotta Fraschini Asso，
水冷V型12氣缸　600馬力
（改造後）Fiat Flogore A.S.2，
水冷V型12氣缸　720馬力
最高速度：時速330公里

脫胎換骨的薩伏亞S-21

　　波魯克為了修理並嘗試改造被卡地士弄得破破爛爛
的薩伏亞S-21，造訪老友保可洛的工廠。

負責設計的是保可洛的孫女菲
奧。菲奧是個十七歲的女孩。

保可洛準備了全新的引擎。

改造機頭的機槍檢查活門，增加座位，變
成雙人座的飛機。

21

卡地士R3C-0（Curtis R3C-0）

　　唐納德・卡地士愛用的美國製水上戰鬥機。卡地士是空盜聯盟為擊敗波魯克・羅素所聘雇的美籍保鏢，一心想藉著打敗波魯克揚名立萬。

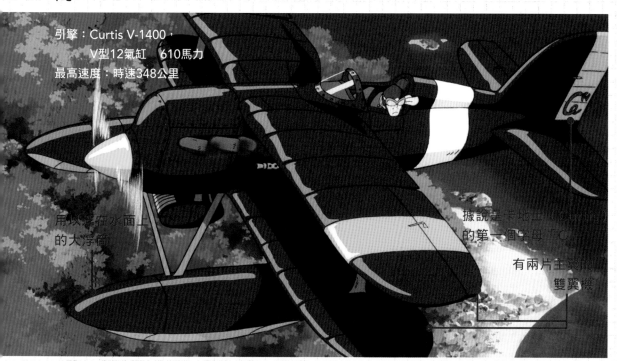

引擎：Curtis V-1400，
　　　V型12氣缸　610馬力
最高速度：時速348公里

用以浮在水面上
的大浮筒

據說是卡地士（Curtis）
的第一個字母「C」

有兩片主翼的
雙翼機

太好了!!
這下我也是
名人了！

波魯克離開駕駛座要去修理狀況不佳的引擎時，被卡地士擊中而墜落。

　　據說卡地士R3C-0是以美國的卡地士R3C-2為範本改造而成。卡地士R3C-2曾連續兩年在知名飛機競賽史奈德盃上擊敗義大利的飛行艇。

波魯克與卡地士的決鬥

波魯克在保可洛的工廠將薩伏亞S-21改造好後,與卡地士一對一決鬥。

這場決鬥由空盜曼馬由特隊的首領主持。吸引大批人馬圍觀,如廟會般熱鬧。

薩伏亞S-21和卡地士R3C-0展開激烈對抗,勝負難分。最後兩人走下飛機互毆。

菲奧當然是波魯克的啦啦隊。波魯克勉強贏得勝利。

吉娜的
專用飛行艇

平時是由專門聘雇的飛行員駕駛，但據說吉娜有時也會自己駕駛。吉娜是波魯克認識很久的好友。

雙人座的駕駛艙

據說是吉娜（Gina）的第一個字母「G」

吉娜年輕時與波魯克等人合組「飛行俱樂部」，共同走過青春年代。現在是亞得里亞諾酒店的經理，同時也是空盜們仰慕的女神。

亞得里亞諾號

出現在吉娜回憶中的飛行艇。少女時代的吉娜曾坐著波魯克駕駛的亞得里亞諾號飛上天空。

亞得里亞諾號為單人機，波魯克在駕駛座後方的機身上加裝安全帶載吉娜。

少年時代的波魯克。

金屬打造、漆成迷彩模樣的機身

機身後方的槍座

散彈器

機頭的槍座

厚重的機翼和
機頭正面都印有骷髏頭

引擎：Rolls-Royce Eagle IV，
　　　水冷V型12氣缸　360馬力X2具
最高速度：時速193公里

停下來！

不停的話
就擊沉！

不斷開槍示威侵擾船隻的曼馬由特隊。

達布哈杰
（Dabohaze）

空盜集團曼馬由特隊的飛行
艇。達布哈杰原意是蝦虎類的小
魚，但曼馬由特隊的達布哈杰可是
大型飛行艇，可以載十五人以上。

**安靜，
別吵！**

空盜劫持女校學生當人質，
但女孩子們不但不怕空盜，
還大鬧飛行艇。後來波魯克
大顯身手，平安救出人質。

1992年　紅豬

空盜聯盟

　　空盜聯盟是由一群在亞得里亞海上到處興風作浪的空中海盜所集結成的聯盟。分為A到G七支小隊，各自擁有一架飛行艇。由於空中海盜們很窮，所以他們的飛行艇是由各種飛行艇拼裝而成。

曼馬由特隊的首領從達布哈杰的槍座探出身子。前方是空盜聯盟的A艇。

連空盜聯盟的首領們也敬吉娜三分。空盜之間有項約定：不侵擾亞得里亞諾酒店半徑五十公里以內的船隻。據說他們在酒店內也盡量不起爭執。

左起為D艇、C艇、
F艇、G艇。

曼馬由特隊並未加入空盜聯盟，但為了對抗波魯克，與空盜聯盟聯手偷襲「地中海女王號」豪華客輪。

達布哈杰的機尾遭到波魯克的薩伏亞S-21破壞，修好之後加入偷襲行列。但因為沒錢彩裝，無法漆成迷彩模樣。

下一個就是你！

紅豬，出來!!

「地中海女王號」為提防空中海盜，配備了兩架護衛戰鬥艇，空盜們在卡地士的幫助下偷襲成功。搶走值錢的東西後，空盜們團結一氣向波魯克下戰帖。

27

周遊列島的觀光船

載著遊客遊覽亞得里亞海上眾多小島的飛行艇。

用布補丁的機翼

啊一！紅豬耶！
紅豬先生!!

帥唷！

遊客們看到紅豬波魯克，全都欣喜若狂。

沒有頂棚、任由風吹
日曬雨淋的駕駛艙

波魯克在搜尋曼馬由特隊的
達布哈杰途中，遇到遊島的
觀光船。

Macchi M・39改良型

大浮筒是其特徵

波魯克以前在軍中的朋友菲拉林駕駛水上飛行機，通知波魯克空軍已佈下埋伏。

義大利空軍軍機

在波魯克與卡地士決鬥事件中出動。

Savoia Marchetti S.55

CR.20

Savoia Marchetti S.55的
正面。駕駛艙就位於機翼
的中央。

Savoia Marchetti S.55為雙機身的飛機。CR.20
是義大利空軍的陸上機。

夢幻戰鬥機

第一次世界大戰末期，波魯克在與奧地利軍隊的熱戰中，經歷到不可思議的事。

義大利軍、奧地利軍等各國的戰鬥機，猶如被吸進藍天般紛紛升空。剛與吉娜結婚的好友貝爾里尼駕駛的戰鬥機也在其中。

貝爾里尼，不要去！

吉娜怎麼辦？

保可洛公司的新型飛行艇

繼承保可洛公司的菲奧在故事最後公開的噴射機。想必是菲奧設計的。

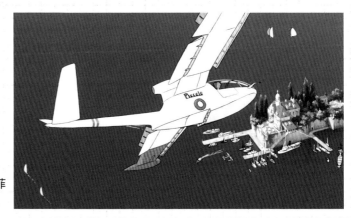

下方看到的是吉娜的亞得里亞諾酒店。菲奧每年都會到亞得里亞諾酒店過暑假。

渡輪

　　十歲小女孩千尋誤闖奇異世界。那裡有間名叫「油屋」的澡堂，各路神明都會來這裡消除一身疲憊。神明一個接一個走下燦爛奪目的渡輪。

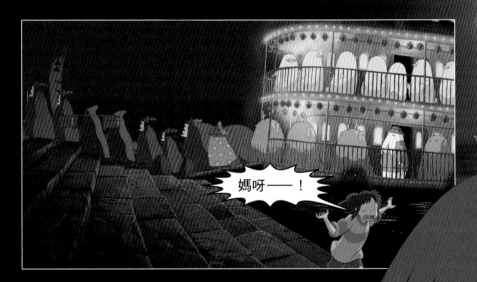

媽呀──！

　　千尋見到走下渡輪的神明拔腿就跑，當她蹲伏在建築物的牆腳邊時，出現一位自稱白龍的少年。千尋獲得白龍的指點，到油屋幹活。

別怕，
我是妳的
朋友。

油屋是一棟像宮殿般的龐然建物。

掌管油屋的是一名叫湯婆婆的女巫。

31

海原電車

經過油屋附近、在海上行駛的電車，有兩節車廂。有去無回，是一輛單向通行的電車。千尋與無臉男及湯婆婆的兒子變身成的老鼠，一起搭海原電車去拜訪湯婆婆的孿生姊姊錢婆婆。

電車的正面。鐵軌在水面下方。

千尋等人一上電車，就發現車上有許多如黑影般的乘客。

海原電車的車票。

與湯婆婆長得一模一樣的錢婆婆，熱情款待千尋一行人。

霍爾的城堡

十八歲的蘇菲被荒野女巫下咒，變成九十歲的老太婆，後來住進魔法師霍爾的城堡。城堡不僅有四隻腳會到處移動，入口處的大門還與港口小鎮、史柏麗王國首都等地相連，打開門就能前往這些城鎮裡自己喜歡的地方。城堡是靠火惡魔卡西法的法力移動。

火惡魔卡西法住在霍爾城堡的壁爐裡。由於與霍爾定下契約，不能離開壁爐，因此一直渴望得到自由。

城堡是由各種東西拼湊而成，在故事中會變換成各種樣貌。

蘇菲一放卡西法出去，城堡立刻崩塌。

卡西法的力量變弱，即使只剩下地板和腳，依然持續向前。

卡西法吃了蘇菲的長髮後能量大增。城堡崩毀後變輕了，飛快地跑了起來。

恢復年輕模樣的蘇菲和霍爾一起重建城堡。兩人的城堡花木扶疏又明亮，在空中翱翔。

飛行小艇

　　在史柏麗王國的城鎮等地使用的少人座飛行船。外形像是皮艇。蘇菲和霍爾去拜訪宮廷魔法師莎莉曼時差點落入圈套，後來搭飛行小艇逃出。

遭莎莉曼奪走法力變成老太婆的荒野女巫，和莎莉曼養的狗因因一起跟著蘇菲。飛行小艇只有前座和後座，只宜兩人搭乘，但就算稍微超重還是能飛。

飛行小艇的正面。王室追兵從後面逼近。

霍爾指導蘇菲駕駛飛行小艇。透過前座的舵輪操控。

飛行軍艦與轟炸艦

蘇菲和霍爾所居住的王國正在打仗，各式各樣會飛的轟炸艦和軍艦紛紛出列。

為轟炸蘇菲所在的城鎮，敵國的轟炸艦隊在被夕陽染紅的雲層上飛行。

機翼上成排的突起物一邊旋轉一邊前進。

蘇菲和霍爾一到濕原的花田，王國的巨型飛行軍艦就立刻出現。它正要去攻擊敵國。

飛行軍艦在空中展開激烈戰鬥。

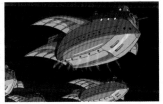

六對像鳥一樣的翅膀拍動機翼即可飛行

從這裡發射大砲

這裡配備大量的砲彈

姥鯊號

波妞是出生在海裡的小金魚。
姥鯊號是波妞的父親藤本所建造
的潛水艇，船名的「姥鯊」是僅次
於鯨鯊的大型海中生物。

從下面看姥鯊號。加裝在船底的四片魚鰭如手腳般擺
動，划水前進。

藤本在船頭插入的大氣球中，利用「生
命之水」讓水母增殖繁衍。一般認為水
母會淨化海水。

後面設有船艙的出入口

船橋

甲板

藤本以前曾像普通人一樣在陸地上生活。不過他後來放棄當人，選擇與海洋生物一起在海中生活。

姥鯊號

當立在海中農場的珊瑚塔是藤本的研究設施。藤本似乎一直在研究海洋復育，要讓海洋恢復變古時代人類誕生前、充滿豐富生命的狀態。

39

噗噗船

　　波妞非常喜歡在海邊遇到的宗介，利用魔法把自己變成人類。可是這時她打翻藤本發明的「生命之水」，引來陸地的一場狂風暴雨。早晨暴風雨過去後，天空放晴，小鎮整個沒入海裡。宗介和波妞一起乘著噗噗船，出發去找媽媽理莎。

波妞為了和宗介一起渡過海洋，施魔法把噗噗船變大。

噗噗船是宗介鍾愛的玩具船。宗介想要去海邊玩噗噗船，因而發現波妞。

噗噗船是利用蠟燭的火焰將鍋爐中的水加熱，再藉水蒸氣的力量推動前進。

乘著噗噗船的宗介和波妞，遇到搭乘船隻或小艇到山上旅館避難的人們。

哎呀，好棒的船哪！

波妞的魔法也把蠟燭變大了。

帶著小嬰兒的一家人。

小鎮居民乘著高掛大面漁旗的漁船。

波妞累到睡著後魔法失靈，噗噗船恢復原本的大小，連宗介的帽子也變小了。

波妞，醒一醒！

拖船

　　高中二年級的松崎海住在山丘上的紅花莊。每天早上小海都會到院子裡升信號旗。信號旗是海上船隻用來互通訊息的旗幟。與小海同校的高三學生風間俊，每天早晨都從父親掌舵的拖船上看到小海升的旗。

　　拖船是用來拖曳或推動其他船隻的船，有時也會用來載運停泊在近海船隻上的人和貨物。

小俊每天早上都搭父親的拖船到漁港，再騎腳踏車到學校。

小海和小俊透過新聞社的活動逐漸熟稔起來。

小俊看到小海的旗號，在拖船上升起三角形的回答旗和「U.W」旗。回答旗即表示「接到對方的訊息」。

小海升起兩面「U.W」旗，代表「祝航行順利」的意思。旗語傳達出小海對已故父親的思念。

LST

坦克登陸艦。小海的父親曾是LST的船長，因誤觸水雷導致沉船而喪生。

韓戰（1950～1953年）期間，以美國為主的聯合國軍隊為支援與北韓作戰的南韓而參戰，利用LST運送坦克、武裝和士兵等。當時也有日本人以船員的身分參與這場戰事。

引擎

2013年 風起

二郎夢想中的飛機

機翼前端的
風切羽

鳥型飛機（二郎 十三歲）

　　故事主角堀越二郎年少時在夢中駕駛的單人飛機。是可以變換機翼的角度和形狀的全可變翼機。

夢中突然出現一架垂掛大量炸彈的巨型飛行船，把二郎的鳥型飛機撞得支離破碎。

在駕駛艙手握操縱桿的二郎。

　　二郎從小就熱愛飛機。因視力不佳無法當飛行員的二郎，長大後成為飛機設計師。

白色飛機（二郎 二十六歲）

二郎曾經夢到他與義大利的卡普羅尼一起看見一架如白鳥般的飛機。那是二郎在腦中所描繪出的美麗飛機。

「嗯，感覺不錯。」聽到卡普羅尼的讚賞，二郎回答道：「哪裡，還差得遠。不只引擎，就連駕駛艙都還沒有具體的樣子。」

紙飛機（二郎 三十歲）

二郎用紙摺給菜穗子的飛機，同時也是給菜穗子的情書。

菜穗子是二郎大學時代在關東大地震中邂逅的女孩。十年後，二郎來到輕井澤度假，與菜穗子重逢，並定下婚約。

隼型戰鬥機

1927（昭和2）年，局勢日益嚴峻。大學畢業後，二郎在任職的公司參與隼型戰鬥機的試生產。

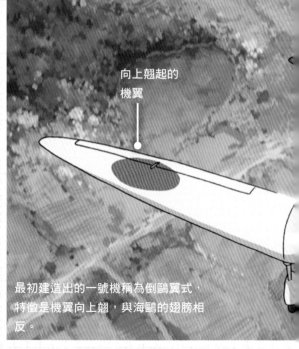

向上翹起的機翼

最初建造出的一號機稱為倒鷗翼式，特徵是機翼向上翹，與海鷗的翅膀相反。

機翼位於機身上方的高翼機

工廠製造中的九試單人戰鬥機。

二郎當時服務於三菱內燃機株式會社。好不容易完成的隼型戰鬥機，在試飛中挑戰時速四百公里的急速下降，結果在空中解體。

七試艦上戰鬥機

1932（昭和7）年，二郎接受海軍委託，主導設計出的試作機。艦上戰鬥機是在航空母艦上起降的戰鬥機。

機翼位於機身下方的低翼機

二郎傾全力設計，但七試艦上戰鬥機試飛時同樣在空中解體。

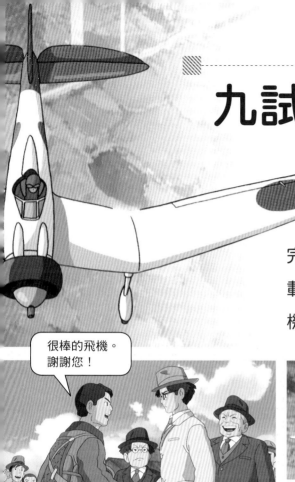

九試單人座戰鬥機

為海軍委託研發製造，1935（昭和10）年由二郎等人的設計團隊完成的試作機。單人座即表示只可搭載一人，被認為是日本首架近代戰鬥機。

很棒的飛機。謝謝您！

急速爬升、驟降、翻筋斗。試飛結束後，飛行員感動得緊握二郎的手。

零式艦上戰鬥機

一心想打造一架美麗飛機的二郎，與其設計團隊經過種種研發和改良後完成的飛機，後來被用在第二次世界大戰的戰場上。

卡普羅尼的飛機

自二十世紀初人類開始製造飛機起，卡普羅尼就是聞名世界的義大利飛機製造者。二郎年少時多次在夢中與仰慕的卡普羅尼相會，乘坐他設計製造的飛機。

義大利國旗的紅、白、綠三個顏色

有兩片主翼的
雙翼轟炸機

炸彈

有三片主翼的
三翼轟炸機

轟炸機

1是二郎第一次遇見卡普羅尼時，卡普羅尼所乘坐的轟炸機。以**1**、**2**為藍圖實際存在機種，被用於第一次世界大戰中。

「飛機是個美麗的夢想。設計師讓夢想成真。」卡普羅尼用這句話，鼓勵立志成為設計師的二郎。

三翼機

戰爭一結束，卡普羅尼立刻把轟炸機改裝成客機，搭載旅客而不載炸彈。

歡迎來到我的王國。

我很榮幸。

這架飛機在1923年於義大利馬焦雷湖上舉行的飛行測試中，機翼被壓垮毀壞。

大型飛行艇

卡普羅尼為實現載著一百名乘客橫渡大西洋的夢想，建造了一架有九片機翼的大型水上飛行艇。

大型轟炸機 / 複翼機

③的參考原型是擁有兩片機翼的世界最大雙翼轟炸機。④就像是③的縮小版雙翼機。

卡普羅尼讓建造工人的家人和親戚一起搭上完成後的大型轟炸機，飛上天空。受邀登上飛機的二郎，為其宏偉的外形而感動。

坐在④上的是卡普羅尼的家人。

十三式三號艦上攻擊機

由二郎任職的公司研發，1924（大正13）年為海軍採用的複翼機。

二郎他們乘坐的十三式三號艦上的攻擊機，引擎在下降途中噴出油來，濺得兩人渾身是油。

二郎和上司黑川搭乘十三式三號艦上攻擊機前往鳳翔號航空母艦，要去參觀三式艦上戰鬥機的起降情形，以作為設計的參考。

與二郎互為競爭對手的公司製造之複翼機。

三式艦上戰鬥機

從鳳翔號航空母艦的甲板上起飛的三式艦上戰鬥機。

原本預定要參觀三架飛機起降，但因第二架飛機墜毀而中斷了計畫。二郎了解到，以現今日本的技術很難建造出自己理想中的飛機。

鳳翔號

1922（大正11）年建造的世界首艘航空母艦（空母）。艦上可載運飛機，並有起降用的跑道。

八試特殊偵察機

由海軍委託研發製造，二郎的好友本庄擔任設計主任的試作機。配備雙引擎。

本庄是二郎大學時代就認識的朋友，同時也是製造飛機方面的勁敵。二郎和本庄在腦中勾勒著破風飛過萬里青空的八試特殊偵察機。

組裝工廠內的八試特殊偵察機。

G-38

1929年，二郎和本庄為了建造轟炸機，加入公司的考察團，造訪位在德國德紹的容克斯飛機製造廠，參觀大型客機G-38。

機頭和機翼都設有展望室，二郎等人坐在最前面的機艙。

G-38是機翼寬（機翼一頭到另一頭的距離）四十四公尺、機身全長二十三點二公尺的巨人機。

真是漂亮！

考察團為G-38的巨大及金屬製造技術瞠目結舌。二郎等人認為日本的飛機建造技術落後德國等國家二十年。

F13

由德國容克斯公司在1919年試生產的硬鋁製小型飛機。原本是為軍事用途開發，但後來被當作客機使用。

和鐵等金屬相比，硬鋁是較輕且不易生鏽的合金，因而開始被用來建造飛機。F13的機翼寬十九點二公尺。可載四名乘客飛國際線。圖中是試作狀態，少了一側機翼。

瑪妮的小艇

　　杏奈是個十二歲的女孩。因患有氣喘需要療養，來到空氣清新的海邊親戚家過暑假。親戚家附近有間被稱為「濕地大宅」的老洋房，杏奈在那裡遇見名叫瑪妮的神祕少女。杏奈和瑪妮變成好朋友，一起划船玩樂。

「濕地大宅」面海灣而建。杏奈明明是第一次見到這棟房子，卻不知怎地有種熟悉感。

七夕的晚上，杏奈走到海邊，發現有艘水藍色的小船。微微的燭光在船頭搖曳著。

杏奈以生澀的動作划著船往「濕地大宅」而去，遇到一位金髮碧眼的美麗少女。她就是瑪妮。

划得很好喔！

瑪妮教杏奈怎麼划船。

幻想的交通工具

奇幻世界裡出現的是不可思議的交通工具、怪異的交通工具。

陀螺

1988年
龍貓

龍貓乘著陀螺飛上天空。皋月和小梅也緊攀著龍貓的肚子，跟著一起在空中飛翔。

1989年 魔女宅急便

掃帚和地板刷

女巫會騎著掃帚飛上天。沒有掃帚時，琪琪便以地板刷取代。

2001年 神隱少女

盆舟

在大澡盆上加裝槳。和千尋在油屋一起幹活的小玲，讓千尋搭上盆舟。

貓車

2002年 貓的報恩

貓王的專用車。貓王是貓國的國王。

荒野女巫的轎子

2004年 霍爾的移動城堡

荒野女巫的轎子是由可以坐人的台子加上木桿組成。
抬轎的是如黑影般的橡皮人。

水壺

2010年 借物少女艾莉緹

小矮人艾莉緹等人為尋覓新家，乘著水壺順
河而下。

雲

2013年

輝耀姬物語

月王和仙女們乘著雲，
前來迎接在地上生活的
輝耀姬。

在日本幾乎已看不到的交通工具

吉卜力作品中還出現了這樣的交通工具。

皋月和小梅從堆在車斗上的書桌底下探出頭來。

自動三輪車

有三個輪子的貨車。

`1988年` 龍貓

皋月、小梅和父親把行李放上自動三輪車，搬到郊外去。

`2011年` 來自紅花坂

小海和小俊急著要去港口，請自動三輪車的司機載他們一程。

動物們　牛、馬等動物也被當成交通工具。

牛車 `2006年` 地海戰記

讓牛拉著載有一群奴隸的車子。

牛車 `2013年` 輝耀姬物語

輝耀姬坐著牛拉的車子去賞花。

牛頭巴士

龍貓

皋月和小梅在巴士站等待搭牛頭巴士回來的父親。

2013年 風起

在名古屋工作的二郎，為了去東京見菜穗子，搭牛頭巴士前往車站。

蒸氣火車頭

風起

大學時代的二郎，有一次搭乘開往東京的蒸氣火車，結果遇上關東大地震。

一錢蒸氣

風起

二郎和來到東京的妹妹加代，一起搭乘一錢蒸氣。

·馬　輝耀姬物語

風聞輝耀姬美貌的男人們紛紛騎著馬、駕著牛車來向輝耀姬求婚。

地海戰記

格得騎馬去看郊外的宅第。

作品介紹（依電影公開放映順序）

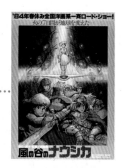

[P.02~09]
風之谷

公開放映：1984年3月11日
原著、編劇、導演：宮崎駿

少女的愛呼喚了奇蹟

巨大的工業文明因一場被稱為「火之七日」的大戰毀於一旦。此後大約一千年，由一種會產生瘴氣的菌類構成的「腐海」幾乎要吞噬整個地球。生活在「風之谷」的女孩娜烏西卡會駕馭風，與蟲交心，與大自然共生。儘管無端被捲入人類之間的紛爭，但娜烏西卡為了拯救地球，憑一己之力起身應戰……。

[P.10~15]
天空之城

公開放映：1986年8月2日
原著、編劇、導演：宮崎駿

一日，有位女孩從天而降……

男孩巴魯是名實習機械工，有一天他救了一位從天而降的女孩。這名女孩名叫希達，是拉普達王國的王室後裔。空中海盜和政府特務機關都覬覦希達手中握有的神祕「飛行石」。希達與心靈相通的巴魯兩人一起朝著曾經統治地上諸國的傳說之島拉普達前進。

[P.56／P.58／P.59]
龍貓

公開放映：1988年4月16日
原著、編劇、導演：宮崎駿

也許日本還存在這樣奇怪的生物

「這太好了，爸爸一直夢想能住在鬼屋」──說出這樣的話的父親有兩個女兒，分別是小學六年級的皋月和四歲的小梅。兩人遇見奇怪的生物龍貓。據說不久以前，森林裡有這樣奇怪的生物。不，如果用心尋找，相信現在還有。也許吧。

[P.16~17／P.56]
魔女宅急便

公開放映：1989年7月29日
原著：角野榮子
編劇、導演：宮崎駿

儘管有時會陷入低潮，
但我活力滿滿

小女巫一旦年滿十三歲就必須出外修行一年，以成為正式的女巫。十三歲的女巫琪琪於是帶著黑貓吉吉來到海邊城市克里克，在這個她初次造訪的大城市裡做起「快遞」工作。一邊經歷孤獨和挫折，一邊也在人際互動中逐漸成長。

我和我自己去旅行

主角是二十七歲的粉領族妙子。她開始對自己的生活方式感到懷疑，有一天決定獨自出發去鄉下旅行。妙子回憶著小學五年級的往事，同時在她所到之地的山形縣，與那裡的自然環境和生活在那裡的人們互動，開始找到真正的自己。

[P.18~19]
兒時的點點滴滴
（港譯：歲月的童話）

公開放映：1991年7月20日
原著：岡本螢 / 刀根夕子
編劇、導演：高畑勳

這樣才叫帥

1920年代，無法餬口的飛行員改行當空中海盜，在亞得里亞海上興風作浪。賞金獵人為打擊空中海盜互相爭功。其中名聲最響亮的是一隻豬——波魯克·羅素，即紅豬。圍繞在波魯克身邊的女性、與空中海盜間的爭鬥、命中注定的對手，以及滿是飛行場面的浪漫飛行夢。

[P.20~29]
紅豬
（港譯：飛天紅豬俠）

公開放映：1992年7月18日
原著、編劇、導演：宮崎駿

隧道的另一端有個不可思議的小鎮

十歲女孩千尋誤闖由湯婆婆掌控的奇異小鎮。為了拯救被變成豬的雙親，潛藏在千尋內在的「生命力」漸漸被喚醒。「請讓我在這裡工作」。千尋用「小千」這個名字開始在湯婆婆手下做事。

[P.30~33／P.56]
神隱少女
（港譯：千與千尋）

公開放映：2001年7月20日
原著、編劇、導演：宮崎駿

變成一隻貓好像也不錯？

小春是個平凡的高中女生。她曾經救了一隻差點被汽車輾過的貓，由於那隻貓是貓國的王子，貓國王於是邀請小春到貓國作客，以為報恩。就在小春心想「就這樣變成貓或許也不錯……」的瞬間，她真的慢慢地變成一隻貓了。後來，小春試圖借「貓咪事務所」所長巴隆等人的力量，回到原本生活的世界……。

[P.57]
貓的報恩
（港譯：貓之報恩）

公開放映：2002年7月20日
原著：柊葵
企畫：宮崎駿
編劇：吉田玲子
導演：森田宏幸

[P.34~37／P.57]
霍爾的移動城堡
（港譯：哈爾移動城堡）

公開放映：2004年11月20日
原著：Diana Wynne Jones
編劇、導演：宮崎駿

兩人生活在一起

十八歲的蘇菲原本打理著死去的父親留下來的帽子店，卻被來到店裡的荒野女巫下咒，變成一個九十歲的老太婆。蘇菲離開家，朝荒野走去。當她走在黃昏將近的荒野中，眼前忽然出現一棟奇形怪狀的「霍爾的移動城堡」……。

[P.58／P.59]
地海戰記
（港譯：地海傳說）

公開放映：2006年7月29日
原著：Ursula Kroeber Le Guin
編劇、導演：宮崎吾朗

正視看不見的事物

世界的均衡逐漸瓦解。格得為探索災難的源頭踏上旅程，途中遇見離開王宮四處流浪的亞刃王子。心裡藏著陰暗面的少年一直受到不明「黑影」的追逼。──發生在世界各地的災難背後都有個被稱作蜘蛛的男人。這男人極度害怕死亡，是名曾經敗在格得手下的巫師。

[P.38~41]
崖上的波妞
（港譯：崖上的波兒）

公開放映：2008年7月19日
原著、編劇、導演：宮崎駿

能生在這個世界真好

海邊小鎮的崖上有戶人家，住著一個五歲的小男孩宗介。有一天，宗介遇到小金魚波妞。波妞喜歡上宗介。宗介也喜歡波妞。可是，放棄當人、住到海底的父親藤本卻把波妞帶回海裡。想變成人類的波妞偷出父親的魔法，再次邁向有宗介的世界……。

[P.57]
借物少女艾莉緹
（港譯：借東西的小矮人亞莉亞蒂）

公開放映：2010年7月17日
原著：Kathleen Mary Norton
企畫、編劇：宮崎駿
編劇：丹羽圭子
導演：米林宏昌

不能被人類發現

將滿十四歲的小矮人少女艾莉緹與父親、母親三人偷偷在老房子的地板底下過生活。他們會一點一點地「借走」自己生活所需的物品，以免住在地板上方的老婦人等人發覺。有一年夏天，十二歲的男孩小翔為了養病來到這間老房子。而且小翔發現了艾莉緹……。

昂首向前行

太平洋戰爭結束後十八年，日本從一片廢墟中奇蹟似地復興，並且正處於高度經濟成長期。橫濱的一所高中裡，為了明治時代建造的歷史性建築發生一場小紛爭。十六歲的小海和十七歲的小俊在那場紛爭中相遇，彼此交心，互相扶持……。

[P.42~43／P.58]

來自紅花坂

（港譯：紅花板上的海）

公開放映：2011年7月16日
原著：高橋千鶴／佐山哲郎
企畫、編劇：宮崎駿
編劇：丹羽圭子
導演：宮崎吾朗

一定要活下去

從大正進入昭和，不景氣、貧窮、疾病及大地震肆虐，在這個連生存都很艱難的時代裡，堀越二郎追逐著自小懷抱的夢想——「我想設計出一架美麗的飛機」。故事描寫二郎的前半生，並穿插他對義大利卡普羅尼跨越時空的敬意和友情、與薄命少女菜穗子之間令人惆悵的愛戀。

[P.44~53／P.59]

風起

（港譯：風起了）

公開放映：2013年7月20日
原著、編劇、導演：宮崎駿

公主犯下的罪與罰

砍伐竹子的老翁發現一株會發光的竹子，從中誕生出的小女嬰輝耀姬，其實是從月亮來到地球，是月亮上的人。她為何來到地球？在地球上有何思索？又為何必須回去月亮呢？這是人類、輝耀姬的真實物語。

[P.57／P.58／P.59]

輝耀姬物語

公開放映：2013年11月23日
原案、編劇、導演：高畑勳
編劇：坂口理子

最喜歡你

海邊一棟無人居住的濕地大宅。出現在內心封閉的少女杏奈面前的是，被關在藍色玻璃窗裡的金髮少女瑪妮。不可思議的事接二連三發生在杏奈身上。穿越時空的舞會、告白的森林、崖上穀倉裡的神祕之夜。當兩個少女將一整個夏天的回憶串連起來，杏奈意想不到地沉浸在「完整的愛」中。

[P.54~55]

回憶中的瑪妮

公開放映：2014年7月19日
原著：Joan G. Robinson
編劇：丹羽圭子／安藤雅司／米林宏昌
導演：米林宏昌

吉卜力工作室的
各式各樣的交通工具
2021年5月5日初版第一刷發行

監　　修　吉卜力工作室
編　　者　德間書店童書編輯部
譯　　者　鍾嘉惠
編　　輯　魏紫庭
美術編輯　黃郁琇
發 行 人　南部裕
發 行 所　台灣東販股份有限公司
　　　　　＜網址＞http://www.tohan.com.tw
法律顧問　蕭雄淋律師
香港發行　萬里機構出版有限公司
　　　　　＜地址＞香港北角英皇道499號北角工業大廈20樓
　　　　　＜電話＞（852）2564-7511
　　　　　＜傳真＞（852）2565-5539
　　　　　＜電郵＞info@wanlibk.com
　　　　　＜網址＞http://www.wanlibk.com
　　　　　　　　　http://www.facebook.com/wanlibk
香港經銷　香港聯合書刊物流有限公司
　　　　　＜地址＞香港荃灣德士古道220-248號
　　　　　　　　　荃灣工業中心16樓
　　　　　＜電話＞（852）2150-2100
　　　　　＜傳真＞（852）2407-3062
　　　　　＜電郵＞info@suplogistics.com.hk
　　　　　＜網址＞http://www.suplogistics.com.hk

"ANIME EHON MINI -
STUDIO GHIBLI NO NORIMONO GA IPPAI"
[ANIME PICTURE BOOK MINI – GHIBLI'S VEHICLES]
All rights reserved.
First published in Japan by Tokuma Shoten Co., Ltd.